ye

3292

BIBLIOTHÈQUE DES DÉLICATS

PUBLIÉE PAR LA SOCIÉTÉ DE BIBLIOMANIE

SÉRIE DES CURIOSITÉS LANGUEDOCIENNES

TOMBEAU

DE

FRANÇOIS DE BOSQUET

ÉVÊQUE DE MONTPELLIER

FIRMIN ET CABIROU, MONTPELLIER

PARIS, LIBRAIRIE DES BIBLIOPHILES

SOCIÉTÉ DE BIBLIOMANIE

COLLECTION DE PIÈCES RARES OU EXQUISES

TOMBEAU DE BOSQUET

SOCIÉTÉ DE BIBLIOMANIE

Les délicats sont malheureux,
Rien ne saurait les satisfaire.

Le *Tombeau de François de Bosquet* a été imprimé à **Deux
cents exemplaires** seulement, tous numérotés à la presse par
FIRMIN et CABIROU, maîtres typographes, à Montpellier,
rue des Casernes, 7.

EXEMPLAIRE N° 2

LE

TOMBEAU

DE MESSIRE

FRANÇOIS DE BOSQUET

ÉVÊQUE DE MONTPELLIER

Par LAUSSEL

AVOCAT AU PARLEMENT DE TOULOUSE

PREMIÈRE ÉDITION AVEC NOTES,

DONNÉE D'APRÈS UN EXEMPLAIRE RARISSIME

Par M. J. D'AXILLA, Bibliophile

MONTPELLIER

IMPRIMERIE DE LA SOCIÉTÉ DE BIBLIOMANIE

FIRMIN et CABIROU, Éditeurs

——

M DCCC LXXV

PRÉFACE

Voici une plaquette excessivement rare que nous reproduisons comme un nouvel hommage à la mémoire du savant prélat qui administra le diocèse de Montpellier pendant près de vingt années, après avoir rendu son nom célèbre tant dans les lettres et l'érudition que dans l'exercice des fonctions publiques, comme magistrat d'abord, puis comme intendant.

François Bosquet, ou Bousquet, ou de Bosquet, naquit à Narbonne le 28 mai 1605. Il commença ses études au collège des jésuites de Béziers, et les acheva à Toulouse, au collège de Foix, où il se lia d'une étroite amitié avec M. de Marca, qui devint plus tard archevêque de Paris et son protecteur.

A l'âge de vingt-neuf ans, Bosquet revint dans sa ville natale exercer les fonctions de juge royal. Ses mérites attirèrent l'attention du chancelier Seguier, qui dès 1639 le nomma conseiller d'État. Sa fortune dès lors fut très-rapide. Le parlement de Normandie ayant été supprimé, Bosquet partit comme procureur général avec la commission qui fut envoyée à Rouen pour remplacer l'assemblée disgraciée. Il échangea ce poste contre l'intendance de Guyénne, où il resta de 1641 à la fin de 1642. Il passa ensuite en la même qualité en Languedoc, et y resta jusqu'en 1646.

Sans doute par les conseils des amis haut placés qu'il comptait dans l'Église, il se tourna bientôt vers la carrière ecclésiastique. Il fut nommé évêque de Lodève en 1648. Ses services néanmoins demeurèrent acquis à la cour ; en 1653, Louis XIII l'envoya en mission spéciale auprès du Pape Innocent X. Il revint de Rome après deux ans d'absence, et siégea comme député à l'Assemblée générale du clergé, convoquée à Paris au mois de mai 1655. Le

10 juillet de cette année, le roi le nomma à l'évêché de Montpellier. Il ne put faire son entrée dans sa ville épiscopale que le 24 juin 1657, et depuis ce moment consacra sa vie à son diocèse. En 1675, il fut député une seconde fois à l'Assemblée générale du clergé, et mourut l'année suivante, le jour de la Saint-Jean, anniversaire de son entrée à Montpellier.

Il avait toujours manifesté le désir d'être enterré de façon à ce qu'il ne restât aucune trace de sa sépulture. Ce vœu fut d'abord respecté; mais bientôt, à ce que rapporte d'Aigrefeuille, on lui éleva dans la cathédrale de Montpellier un mausolée avec une inscription qui donnait en quelques lignes la biographie du prélat. Ces faits sont pour la plupart relatés dans l'*Abrégé de la vie de Monseigneur l'evesque de Montpellier* (collection Vaissète, à la Bibliothèque nationale, tom. XLII, f° 79), publié pour la première fois par M. A. Germain, en 1859. On trouve dans ce même essai divers autres détails qu'il serait trop long de reproduire; nous en citerons seulement quelques-uns pouvant servir de commentaire au panégyrique que nous publions. Quant à celui-ci, inconnu comme il l'est, il a toute la saveur d'un document inédit.

Nous ne disons rien de la naïveté de l'auteur[1]; ses négligences poétiques seront un attrait de plus pour les curieux auxquels s'adresse cette réimpression.

Les sources bibliographiques à consulter pour la vie de Bosquet ont été relevées dans la brochure déjà citée de M. A. Germain : *Une vie inédite de François Bosquet, publiée avec une notice* (Boehm, 1859, in-4°, tirage à part des *Mémoires de l'Académie des sciences et lettres de Montpellier*, tom. III, pag. 71-80).

Nous empruntons à ce travail la liste des ouvrages de Bosquet, auxquels fait allusion le discours de l'avocat Laussel:

Michaelis Pselli Synopsis legum, versibus iambis et politicis, nunc primum grœce edita, latina interpretatione et notis illustrata, opera et studio Francisci Bosqueti, Narbonensis jurisconsulti. Paris. 1632, in-8°.

---

[1] Les amis de l'histoire des arts en France remarqueront l'insistance de Laussel à recommander le statuaire Gervais aux admirateurs du défunt prélat. On dirait que l'avocat de Toulouse s'était chargé à Montpellier des intérêts de cet artiste, et que son poème n'était qu'un programme pour la construction du mausolée. Malheureusement pour son client et pour lui, Bosquet avait prévu le cas, et le texte de ses dernières dispositions ne pouvait être violé décemment au lendemain même de sa mort.

Pontificum romanorum, qui, e Gallia oriundi, in ea sederunt, Historia, ab anno 1305 ad annum 1394, cum notis Francisci Bosqueti, Narbonensis jurisconsulti. Paris. 1632, in-8°. — Baluze a repris cette histoire avec de nombreux perfectionnements, dans ses *Vies des Papes d'Avignon*, publiées en 1693, in-4°.

Ecclesiæ gallicanæ Historiarum liber I, a primo J. C. in Galliis evangelio usque ad datam a Constantino imperatore Ecclesiæ pacem, res præclare gestas complectens, auctore Francisco Bosqueto, Narbonensi jurisconsulto. Paris. 1633, in-8°. — Une seconde édition, plus ample que la première, a été publiée trois ans après, sous ce nouveau titre : *Ecclesiæ gallicanæ Historiarum libri IV. Accessit secunda pars in qua acta et cetera monumenta producuntur, auctore Francisco Bosqueto, Narbonensi prætore.* Paris. 1636, in-4°. Mais l'auteur en a retranché un passage assez piquant, où se révèle sa hardiesse de critique, et qui à cause de cela même avait été assez mal accueilli. Les lecteurs curieux de le connaître le trouveront, à défaut du volume original, devenu très-rare, dans les *Mémoires* du P. Niceron, XII, 172-173, et dans l'*Encyclopédie* au mot *Narbonne*. L'*Histoire de l'Église gallicane* de Bosquet n'a pas, du reste, été achevée. Elle a servi de plan au P. Le Cointe pour ses *Annales ecclesiastici Francorum.*

Innocentii III, Pontificis maximi, Epistolarum libri quatuor Regestorum XIII, XIV, XV, XVI, cum notis Francisci Bosqueti, Narbonensis jurisconsulti. Tolos. 1635, in-fol.— Ouvrage complété en 1682 par Baluze, à l'aide des manuscrits que lui légua Bosquet.

Suivent les passages extraits du manuscrit de Paris.

« Bientost apres il fit la visite de son dioceze, fit faire des missions partout son diocèse, ordonna des conferances de pretres en huit endrois, ou les pretres se rendirent deux fois le mois, establit un seminaire pour les sciences eclesiastiques, etablit aussi les Carmes dechaussés et les Recollés et les confreries du St Sacrement et de l'Ange gardien, ensemble la maison de la Providence pour l'instruction des filles nouvellement converties à la Religion, ou quy sont en danger aupres de leurs parens de la R. P. R., erigea les paroisses des eglises de St Pierre et de Ste Anne.

» Lorsqu'il arriva à Montpellier, il ne trouva point de maison de l'eveché a la ville ny a la campagne. Il fit batir le palais episcopal et les chataux de Gigean et du Terral, et réunit a l'eveché la baronnie de Sauve, composée de trante deux villes ou villages, qui avoit esté allienée il y avoit plus de cent ans, et quy estoit jouie par Madame la duchesse d'Angoulesme, fit abattre six temples de ceux de la R. P. R., scavoir un des deux quy estoint dans Montpellier, ceux de Melguel, Pignan, Cornontarral, Poussan et S¹ Bausille, ayant esté obligé de faire plusieurs voyages a Paris et des grands frais pour obtenir au privé Conseil et au grand Conseil les arrets quy ordonnent la demolition desdits temples et la reunion de cette grande baronnie de Sauve a l'evesché.

» Il estoit ferme dans ses resolutions, et ne relachoit point par aucune consideration humaine. Sa table estoit frugalle, mesme quand il donnoit a manger aux personnes de la plus haute qualité. Il n'a jamais mangé, estant dans son dioceze, hors de sa maison. Il n'avoit pour toute vaisselle d'argent que deux bassins, deux aiguieres, et quelques flambeaux. Il n'avoit que les domestiques necessaires, et fort peu des chevaux. On ne jouet jamais dans sa maison a aucune sorte de jeu. Tout son divertissement estoit a lire, ou a se faire lire depuis l'incommoditté de la veüe. Quelques fois, aux heures de recréation, ses domestiques voulant luy dire des nouvelles de la ville, ou autres choses un peu gayes, il leur disoit de luy parler de quelque chose de bon, ou de se retirer.

» Il donnoit beaucoup aux pauvres, et rien a ses parens, non pas mesme le moindre present a ses nieces, lorsqu'elles ont esté mariées.

» Jamais les femmes n'ont logé ny mangé chez luy, non pas mesmes ses nieces, lorsqu'elles ont passé par Montpellier.

» Il pardonnoit volontiers ses enemis, et dans les occasions il faisoit plus pour eux qu'il n'auroit fait pour ses amis. Il pratiquoit la mesme chose envers ceux de la R. P. R., disant qu'il falloit les gaigner par la douceur et par le bon exemple. Aussi ils l'aimoint et avoint de la vénération pour luy, quoy qu'il ne les expargnat pas aux choses quy regardoint la religion.

» Il prenoit souvent le cilice et la dicepline, et couchoit sur la dure. Il a porté plusieurs fois le saint Sacrement aux processions, ayant les pieds nuds, quoyqu'il les eut fort delicats, et que le tour de la procession fut grand.»

LE TOMBEAU

DE MESSIRE

FRANÇOIS DE BOSQUET

EVESQUE DE MONTPELLIER, ETC.

DEDIÉ A MESSIRE CHARLES DE PRADEL, SON NEPVEU ET SON
SUCCESSEUR EN CE MESME EVESCHÉ

Par JACQUES LAUSSEL

ADVOCAT AU PARLEMENT DE TOLOSE

πάντα τα ὄντα ἀτέχνως ὥσπερ
ἐν ἐυρίπῳ ἄνω καὶ κάτω στρέφεται

MONSEIGNEUR,

Il ne faut pas s'estonner si la mort de Messire François de Bosquet a esté suivie des regrets de toute la terre, puisque toute la terre estoit interessée dans sa conservation. L'Europe, qui connoissoit despuis long-temps son sçavoir et son merite, a perdu en luy un homme d'une erudition consommée, l'Estat un sage Politique,

*des advis duquel il recevoit de tres-grands
advantages, la foy son deffendeur, l'Eglise le
Restaurateur de son ancienne Discipline. En
un mot la Ville de Montpellier a perdu un
Evesque obligeant qui l'a comblée de bienfaits
jusqu'à la fin de sa vie.*

*En effet, Monseigneur, pouvoit il laisser à
son Diocese de plus grandes marques de son
amour qu'en luy procurant un Successeur qui
luy faira percevoir encore aprés sa mort les
doux fruits des vertus qu'il goûtoit pendant sa
vie? Ceux qui connoissent, comme je fais, les
belles qualitez de vôtre Grandeur, sçavent
qu'elle ne pouvoit être long-temps sans recompense, et que feu Monseigneur, vôtre Oncle,
en la faisant placer à cette haute dignité n'a
fait seulement que la mettre dans l'occasion
d'exercer avec gloire les beaux Talans qu'elle
a receu du Ciel* [1].

*Dans une faveur si considerable pour cette
Ville, et dans cette affliction generale de tout
le monde, je ne pouvois, sans être insensible
aux interests du public, et sans me declarer un
citoyen ingrat, m'empêcher de donner des
témoignages d'une douleur et d'une reconnois-
sance publique. J'ay crû d'ailleurs que ceux
qui ayment les belles Lettres doivent honorer
la memoire des sçavans, et que ceux qui sont
dans ce nombre pourroient par ce foible projet*

se laisser exciter à faire dignement l'Eloge de la vertu[2].

C'est aussi, Monseigneur, cette dernière raison qui m'a fait prendre la liberté de vous offrir ces vers, encore qu'ils ne soient que le chetif Tombeau d'un grand Heros. Je l'eusse sans doubte mieux depeint s'il m'eut esté permis de le considerer de plus prés, comme j'en avois le dessain, si ma mauvaise fortune ne m'eut ravy cet honneur. On le verra tel que sa reputation et les amis l'on fait connoître à celuy que sa Profession a tenu long-temps éloigné de sa patrie, qui a esté le Theatre de ses vertus, me trouvant apresent dans cet agreable pays. Je supplie Vôtre Grandeur de vouloir agréer ce que m'obligent de vous y presenter, le temps, mon devoir et mon inclination; comme

De Vostre Grandeur le tres-humble, tres-obeissant, et tres acquis serviteur,

J. L. A. E. P.

τοὶ γαρ ἐγώ τοι ταυτα μάλ᾽ ατρεκεως αγορευω.

LE TOMBEAU

DE MESSIRE

FRANÇOIS DE BOSQUET

L A vie d'un Heros vient d'achever son cours,
Et la Parque, en coupant la trame de ses jours,
Oblige par sa mort une Muse infertile
A traiter un subjet et triste et difficile.
Il est vray qu'estant mort plein d'âge et de bon-heur,
Qu'estant du premier rang au Temple de l'honneur,
Que sa haute vertu signalant sa memoire,
Qu'enfin ses actions éternisant sa gloire,
Sa perte en cet estat nous doit moins affliger,
Et nos justes douleurs peuvent se soulager :
Car enfin s'il n'est rien[3] dans ce Monde visible
A qui sa fin ne soit un destin infaillible,
Si tout court au Tombeau[4] d'un pas precipité,
La vertu ne sent pas cette necessité,
La force de la mort n'a point de droit sur elle,

Et sa vigueur subsiste en sa gloire immortelle.
Toy donc que ce trespas a le moins abatu,
Arreste tes regrets, connoissant sa vertu,
Et toy, cœur penetré que la tristesse accable,
Que le deüil et l'horreur rendent inconsolable,
Empesche de pleurer pour un moment tes yeux,
Et considere un peu la structure des Cieux,
Que depuis cinq mil ans⁵ par deux seules parolles
Dieu fait toûjours rouller à l'entour de deux Poles ;
Regarde le Soleil dans un Ciel écarté,
Qui depuis si longtemps nous preste sa clarté,
Et qui, loing d'espuiser le feu dont il esclaire,
Au Flambeau de la nuit preste encor sa lumiere,
Cette vicissitude, et de nuits et de jours,
Qui ne finit jamais et commence toûjours.
Voy ce nombre confus de mil et mil Etoiles,
Que la nuit a semé dessus ses sombres voiles,
Qui toutes à la fois montrent leurs fronts dorés,
Et meurent à la fois dans les champs azurés,
Voy celles que l'Azur par un long intervale
Separe en divers lieux d'une distance égalle,
Ne sont ce pas des points, des clous d'or dispersés,
De mouvans Diamans dans le Ciel enchassés ;
C'est-là qu'un mal-heureux, dans l'ennuy qui le presse,
Doit essuyer ses yeux et finir sa tristesse,
Et se ressouvenir que ces esprits des morts
Ne laissent en depost à la terre leurs corps,
Au temps que le Seigneur a marqué de luy rendre,
Qu'afin de revenir un jour pour le reprendre,
Et ranimer encor leurs membres reünis
Par la Divine main qui les avoit destruits,
Qu'aprés qu'on aura veu rentrer les tristes manes,
Dans leurs os anciens, dans leurs premiers organes ;
Cet homme deploré, ce Heros que tu plains,

Ira mener son corps à la gloire des Saints;
Il joüit à present de ce bon-heur supreme,
Cependant qu'icy-bas ta tristesse est extreme.
    Si ta douleur ne cede à ce doux souvenir,
Sy n'estant pas touché par les biens à venir,
Ceux qui nous sont presens se trouvent plus sensibles;
Je vay vaincre ton deüil s'il n'est pas invincible :
Ta douleur en effet doit estre sans effort
En voyant clairement que Bosquet n'est pas mort !
Car s'il est vray qu'on vit dans l'objet que l'on ayme :
Bosquet ne vit il pas dans cet autre luy mesme ?
Dans ce jeune Prelat isseu de mesme sang,
Ayant mesmes honneurs dedans un mesme rang !
Il luy ressemble encor en des traits du visage,
Et par sa gravité rare dans un jeune âge :
Mais ce dernier raport est digne de mespris,
Quand rien de mieux fondé n'en augmente le pris ;
Aussi les qualitez qui rendent l'Oncle illustre,
Ornent ses jeunes ans, et font leur plus beau lustre,
Il est facile et doux, et d'un air engageant,
Ingenieux, civil, complaisant, obligeant,
Sçavant, homme de bien, exacte, magniffique,
Pieux, jeune, bien fait, et de race heroïque,
Que ses ans soient filez de soye et de fin Or,
Qu'ils aillent plus avant [6] que ceux du vieux Nestor.
Qu'egal au grand Bosquet, il ait plus de fortune
Voyant soubs son pouvoir l'un et l'autre Neptune.
Mais si cette douleur que ma raison combat
Par tout ce que j'ay dit ne s'apaise et s'abat,
Dressons pour contenter ton ame desolée,
Dressons à sa memoire un pompeux Mausolée,
C'est de quoy les vivans doivent estre jaloux,
C'est le dernier present qu'il recevra de nous.
    La Nature en faveur des belles destinées

3

Fait remarquer de loing dessus les Pirenées
Une suitte de monts aux sommets blanchissants,
Un Albatre qu'on coupe et qui croit tous les ans
On diroit que ce sont des Neges rependuës
Sur ces lieux élevez qui penetrent les nuës,
C'est là qu'il faut choisir le Marbre le plus beau,
Dont on puisse bastir un superbe Tombeau,
Puis chercher un Gervais [7] qui taille cette pierre,
Et la polisse mieux que n'est poly le verre,
Affin qu'en la voyant on puisse encore voir
Tout ce qu'elle a devant comme dans un Miroir ;
Qu'il figure en quarré cette belle matiere,
Et la fasse élever en forme d'une Biere,
Que son fer aguisé la partageant en deux,
L'une et l'autre moitié montre un fonds vuide et creux,
Que celle qu'il faira pour servir de couvercle,
S'arrondisse en dehors, et fasse un demy Cercle,
Que de quatre Lyons aux quatre coins placez
De ce pesant fardeau les dos soient affaissez,
On mettra dans ces creux reluisans et funestes,
Du Heros trespassé les déplorables restes,
Ce debris precieux de l'horrible Atropos,
Ce Tresor qui n'est plus que de cendre, et des os :
Mais qui doit avoir rang dans nos saintes Chroniques,
Et recevoir l'honneur des Sacrées Reliques ;
Aprés on faira voir, dans les quatre costez,
L'Histoire de sa vie et de ses plus hauts faits.
Mais il faut que Gervais, Gervais mesme surmonte,
En conduisant sa main industrieuse et prompte,
A relever en bosse un Ouvrage immortel,
Que la terre prepare au bien aymé du Ciel,
Et comme dans son cœur l'amour pour le Parnasse
Despuis sa tendre Enfence eut la premiere place ;
On verra les effets de ce puissant amour

Par les escrits divers que son Art met au jour.
  Car au premier costé cette troupe sçavante,
Les neuf sœurs au front ceint, à la bouche riante
Parroistront tout au tour de ce grand escrivain [8],
Châcune ayant quelqu'un de ses livres en main ;
La premiere tiendra, sortant dessous la presse,
Le premier coup d'essay de sa docte jeunesse,
Cette traduction dont on fait tant de cas,
Et qu'en vers grecs Psellus fit pour Michel Ducas,
Contenant tout le Corps de la Jurisprudence,
Et les nottes qu'il fit pour leur intelligence,
La deuxiesme une Histoire écrite en trente-deux,
De ces Papes François qui siegerent chez eux,
La main de la troisième aura ce docte ouvrage,
Qu'il revit à loisir sur la fin de son âge,
Ce texte corrigé du sçavant Praticien,
Où le plus consommé ne peut adjouter rién ;
Les six autres, voyant qu'il a cessé de vivre,
Advanceront leurs mains pour les remplir d'un Livre ;
Jusqu'icy sa pudeur a pû les supprimer,
Mais bientost son neveu [9] les va faire imprimer ;
Tout le monde connoit sa sçience profonde,
Et les mettre en lumiere est plaire à tout le monde.
Ensuite l'on verra la Déesse Pallas
President au milieu de ces doctes Cujas,
De ces sçavans Dadins [10] d'une Ville ancienne,
Qu'elle fait surnommer d'elle Palladienne ;
De ses divines mains soubs un grave Recteur,
Le grand Bosquet prendra les marques d'un Docteur,
Aprés avoir charmé par sa belle éloquence,
Ces yeux et ces esprits de toute l'assistance,
Et promis ce Heros que Paris vit aymer
De ses Autheurs sçavans, dont elle est une Mer ;
Le Romain surmonté par ce nouveau Seneque,

Qui fit en luy seul vivre une Bibliotheque,
Et qui pouvoit conter parmy ses bons amis,
L'oracle de la France, et celuy de Themis [12].
　Mais il est temps déjà que nostre Artisan passe
Au travail qui l'attend en la deuxième face.
Voyez ce Frontispice, admirez ce Parvis,
Prenés garde au Fauteul semé de Fleurs de Lys,
Sur un Trône élevé l'on y voit la justice,
A sa droite l'honneur, à sa gauche un suplice ;
Au tour sont ces Tableaux de ceux qui de son choix
En titre souverain font observer ses loix,
Elle mesme prend soin que l'on y represente
Ces actions d'éclat de leur charge Eminente.
C'est-là qu'on voit depeint dans un rang glorieux,
Tout ce qu'a fait Bosquet, de grand, de vertueux [13] :
Le Normand apaisé dans sa haute insolence,
Et reduit par ses soins à l'humble obeïssance ;
Le Tuteur de nos Roys, l'Auguste Parlement,
Recevant de ses mains son restablissement ;
La Garone, en ses flots d'aise et d'orgueil enflée,
Allant à l'Occean à course redoublée
Luy témoigner sa joye, et dire en y fondant
Qu'elle ne vit jamais un si sage Intendant [14] ;
Le Tarn haussant ses Eaux, et contre sa coustume,
Faisant voir son courroux dans sa fumante écume,
Portant hors de son Lict l'epouvante et l'horreur,
Et renversant l'espoir du pauvre Laboureur [15],
Mais qui, voyant de loing sur Garone Neptune
Qui venoit reprimer son audace importune,
Appaisant sa fureur, retourne dans son Lict,
Et court luy demander pardon à petit bruit.
　Que deux Dames aprés aussi belles que fieres,
Figurent en leur corps deux Provinces entieres :
La premiere sera dessus un rouge Char,

Traisné par les efforts d'un Doré Leopard [16],
Reparant les malheurs d'une Guerre recente,
Et caressant Bosquet qui l'en rend triomphante ;
La deuxième tenant d'une main cette croix
Que ses Comtes portoient en champ rouge autresfois,
D'or clechée, vuidée, et par tout pommettée [17],
Parroistra sur un Char pareillement montée,
Où deux Griffons d'Argent, et d'azur acolez,
D'un tel joug orgueilleux se verront atelez ;
Son autre maintiendra la Corne d'abondance,
Pour marquer sous Bosquet une heureuse Intendance [18];
Enfin Ceres, Bacchus seront à ses costez,
Et Pallas jettera son Olive à ses pieds [19].

    Garnissons apresent cette troisiéme face
Que contient du carré la partie plus basse,
Tout ce que ce cizeau de l'artizan y fait
N'est que le vray Tableau d'un Evesque parfait [20],
Là Bosquet est connù plutot par l'innocence,
Que par l'authorité d'une grande puissance,
Icy, moins par sa voix que par ses bonnes mœurs,
Il condamne en autruy ces injustes erreurs,
Terminant par la paix, et non par la disputte,
Ce qu'à la verité l'opinion imputte :
Sa douceur en ce lieu fait sa severité
Et confond sa grandeur avec sa charité,
Voyez en cet endroit quelle est sa discipline,
Toûjours son chastiment est une Medecine [21],
Ceux que ce Marbre peint recouvrant la santé,
Vous diront qu'il punit sans nulle cruauté ;
C'est ce que dit encor sa Croce icy tracée
Estant piquante en bas, mais en haut émoussée ;
Là sur un marchepied il vacque à l'Oraison,
Il traite icy le pauvre en sa riche maison,
Il paroit à costé sur la Chaire à Saint Pierre,

Preschant comme un Saint Paul le mespris de la terre,
Et plus bas on fait voir ces Montagnes de corps,
Clermont se remplissant de mourants et de morts,
Un air pestifferé qui d'une Ville entiere
A fait en un moment un triste Cimetiere,
Cependant que tout fuit ces lieux où tout perit,
Et qu'on trouve en fuyant la mort mesme qu'on fuit;
Au temps que les infets meurent sans nul remede,
Que mesme à bien mourir personne ne les ayde,
Que la peur de la mort a fait mourir l'amour,
Que le Pere à son fils laisse perdre le jour,
Que le Valet devient infidelle à son Maistre,
Qu'un fils laisse mourir celuy qui le fit naistre,
Que tout est inhumain où rien n'est inhumé,
Que rien ne se consume où tout est consumé ;
En ce temps en un mot où personne ne seme,
Qu'il faut estre cruel pour ne l'estre à soy mesme;
Bosquet, ce seul Bosquet sans craindre le Tombeau,
Expose le Pasteur pour sauver le Troupeau :
Mais en combien d'endroits son amour le transporte,
Il console en ce lieu, dans cet autre il exhorte,
Il fait aux enfermez [22] apporter d'alimens,
Et conduire les morts dedans les Monumens :
Mais il est mal aisé que par ma foible rime,
Je dépaigne François dans l'ardeur qui l'anime,
Cet un Art de Gervais à peu de Gens connù,
De pouvoir en un Marbre exprimer un grand feu [23],
Je diray seulement que cette ame intrepide,
Craignit si peu la mort qu'il la rendit timide ;
D'effet elle le vit si bien se hazarder,
Qu'elle n'eut pas le cœur jamais de l'aborder ;
Enfin son nom, ses mœurs, sa mine Episcopalle,
L'ont rendeu si semblable au grand François de Sales,
Que pour faire un portrait à ce nouveau François,

Il faut avoir recours à celuy d'autresfois,
Ainsi, representant ce Prelat de Geneve,
Combatant et batant Calvin sans paix ni treve,
Nous montrerons au vray ce monstre tel qu'il est,
Abatu soubs les pieds de l'illustre Bosquet,
Ce Saint ne le bâtoit que par ses beaux exemples;
Mais Bosquet l'a soumis en renversant ses Temples,
Qu'on represente icy dans ces Marbres polis,
Autour de Montpelier [24] sept Temples demolis,
Que ce Calvin tout triste, avec une Charrette
Emporte le debris de sa triste deffaite,
Et nettoye la playe en trois jours au plus tard,
Pour y voir arborer de la Croix l'Estendard!
Mais admirons François dans une autre conqueste,
Une Croix à la main, une Mittre à la teste,
Comme un autre Aaron, de sa Verge frapant
Sur deux mil Rochers [25] arrousez à l'instant
De ces Eaux de la grace, où ceux qui peuvent boire
N'ont plus de soif au sein d'une éternelle gloire,
Par ces Rochers icy j'entends deux mil cœurs,
Endurcis par Calvin en ses foles erreurs :
Mais qui prestant l'oreille aux discours de la grace,
Et se laissant toucher à sa forme efficace,
Ont, en bonnes Brebis, dans leur égarement
Retrouvé leur Pasteur à son avenement,
Qu'au dessus du Tombeau tout de son long s'estende,
Bosquet au naturel tel que la mort demande,
Muët, froit, abatu, pasle, sans mouvement,
La bouche, et les deux yeux fermez également!
Les mains dans leurs beaux gans jointes sur la poitrine,
Son petit doit brillant d'une Emeraude fine,
Sa Croce à son costé, ce tisseu pretieux,
De sa Mitre en sa teste éblouïssant les yeux,
Sa Chape estincelant en bélles Pierreries,

Ses pieds dans ses Souliers riches en Broderies,
Posez sur un Lion qui se couche à demy,
Et veille auprés du corps du Heros endormy ;
   Qu'en la derniere face après cette effigie,
On grave en Lettres d'Or cette courte Elegie :

Cy git le grand Bosquet la gloire du Clergé,
L'amour de Montpelier pour toûjours affligé ;
Il fut dans son ardeur pour la Foy triomphante,
Le fleau de l'Hersie et de l'erreur naissante :
Un celebre Escrivain, un Juge destaché,
Sous une Mitre d'Or un Penitent caché,
Un sage Politique, un Intendant habile :
Enfin le vray Pasteur que descrit l'Évangile.

Jamais nul n'a traité les affaires d'Estat,
Avec plus de succez, avec plus grand estat ;
Son Art estoit celuy de regir la Province,
D'estre aymé de son Peuple, et d'estre aymé du Prince ;
Et si le temps parfois avoit quelque rigueur,
Son adresse appeloit au secours sa douceur [26],
Et ce Peuple accordoit soûs un ordre severe,
Au Roy ce qu'il vouloit, à luy le nom de Pere.
Dans sa haute prudence et dans son grand sçavoir,
La surprise jamais ne l'a peu decevoir,
Sa vertu travaillant à destruire le vice,
Sa presence aux meschans estoit un vray supplice ;
Son cœur n'envie point, Hercule fabuleux,
La force de son bras, ny ses Exploits fameux,
Il avoit plus que luy des Monstres à combatre,
On l'a veu toutesfois plus soudain les abatre,
Il reffuse, Intendant, la faveur de nos Rois,
Qui l'avoient destiné pour de plus grands emplois,
Il le faut advoüer c'est un exemple rare [27].
Mais d'un plus grand Tresor François estoit avare,

Et ces Titres pompeux dont ce seul nom est grand,
Ce superbe appareil de fumée et de vent,
Ces hautes dignités subjettes à l'envie,
N'ont pas fait l'ornement le plus beau de sa vie :
C'est la simplicité d'un charitable cœur,
La pieté qu'on jouë en ce siecle moqueur,
Une foy pure et grande, un fonds de patience,
Qui luy fit adjoûter souffrance sur souffrance [28],
Une Justice douce, une extreme Candeur,
Une humilité sainte unie à la grandeur,
Une chair que l'esprit incessamment chastie,
Un merite honoré que fuit la modestie ;
Les pauvres ont mangé soubs un si bon Pasteur,
La vefve et l'Orphelin l'ont eu pour protecteur [29],
Son ame eut pour le sang une haine implacable,
Aussi sa main jamais n'a fait mourir coupable [30].
Devons nous donc garder un silence honteux,
Pendant que ses Exploits éclatent en tous lieux ?
Les hommes seront ils avares de loüanges,
Pendant que ce Heros reçoit celles des Anges ?
Apollon qui prend soin d'honorer les Heros,
Craindroit-il en parlant de troubler son repos ?
Non, le nom de François se faira reconnoistre,
Par les neveux de ceux qui sont encore à naistre [31] ;
La vertu parcoura tout ce vaste Univers,
Dont il gaigna les cœurs par ses bienfaits divers,
Ses belles actions grossiront nostre Histoire ;
Après quoy, que peut-on desirer pour sa gloire,
Qu'une meilleure plume cede aux plus beaux esprits,
Qui celebrent François en plus d'Actes escrits.
Vivez donc dans ces veux, ornement venerable,
Vivez, des anciens Image incomparable,
Où l'on voyoit revivre en pure verité,
Ce que les premiers temps eurent de probité,

Vivez et recevez la juste recompense,
Que Dieu reserve aux siens dans une gloire immense,
Vivez et recevez en ce chetif Tombeau,
Le desir que j'avois de le faire plus beau.

NOTES DE L'AUTEUR

[1] *O sidere dextro*
Edite, multa tibi divûm Indulgentia favit.

[2] *Doctis stimulos et semina laudum*
Hæc exempla dabunt...

[3] *Cur enim cœlestes illæ animæ diu in hâc fæce abeant imo et evolent ad suum cœlum?* Just. Lips., Epist. 44.

[4] *Ibimus omnes*
Ibimus immensis urnam quatit Æacus umbris,

[5] *Cœlestia semper*
Inconcussa suo colvuntur sydera lapsu.

[6] *I, bone, quo tua te virtus vocat, i pede fausto.*

[7] Gervais est un fameux Tailleur de pierre qui a esté employé par Messire Antoine François Bertier, Evesque de Rieux, à représenter en marbre le martire de Saint Estienne, que ce Pieux Prévost a donné à la Metropolitaine de Tolose.

[8] *Animusque vicissim.*
Aut otia musis...

[9] *Fæcunda placebunt*
Otia nascentesque ibunt in secula libri.

[10] Dadin d'Auteserre Professeur en Droit à Tolose, tres conneu des sçavans.

[11] Martialis lib. 90, Epig. 78. *Ad Marcium Antonium :*
Marcus Palladiæ non inficienda Tolosæ
Gloria...

[12] C'est Monsieur de Seguier, chancellier de France. C'est icy le Temple de Themis en France.

[13] *Aut curam impendit populis.*

[14] Il a esté Intendant en Guienne.

[15] C'est la sedition de Montauban pendant son Intendance.

[16] Ce sont les Armes de Guienne, qui portent de Gueules au Léopard d'Or.

[17] Les Armes de la Province de Languedoc portant de Gueules à la Croix vuidée, clechée et pommetée d'Or.

[18] Il a esté encore Intendant en Languedoc.

[19] Je mets l'Olive aux pieds de la Province, parce qu'elle ne porte des Oliviers qu'au bas Languedoc.

[20] Le Portrait d'un bon Prélat est tiré du chap. 3 de la distinction 25. de ces parolles de St. Paul 1 Timoth. 3: *Oportet episcopum irreprehensibilem esse.*

[21] Et ce que dit St. Augustin sur ce passage, serm. 4. *De sanctis.*

[22] *Dextra palum, sinistra baculum tenet.*

[23] Cet une inscription qu'on voit sur une vielle pierre dans Rome, dediée à Hyrpin.

[24] Estant porté par l'Arrest du Conseil d'Estat que le Temple sera demoly dans un grief de cayer par ceux de la R. P. R. jusques aux fondemens. Autrement aux Catholiques d'en faire ladite demolition.

[25] Ce sont les deux mil ames qui firent adjuration du Calvinisme au commancement de son siege reconneu.

[26] *Jus suum atque tribuit Regii obedientiam Minoribus comitate.* — *In commune bonus.* — *Omnibus innocentiam.*

[27] *Quem non falsus honor juvat.*

[28] *Deo cultum.*

[29] *Oppressis tutelam.*

[30] *Dubiis consilium.* Lips. cent. miscell. Epist. 97.

[31] *Si illum aget penna nesciente solvy fama superstes.*

FIN DES NOTES.

Sous presse, pour paraître prochainement
DANS LA MÊME COLLECTION

HISTOIRE

DES

ÉCOLES DE MÉDECINE

DE MONTPELLIER

Écrite en 1792 par les professeurs René, Gouan,
Broussonnet, Brun et H. Fouquet, publication
d'après le manuscrit inédit, enrichie du *fac-simile*
de la signature des auteurs,

Par J. D'AXILLA, bibliophile

Prix: 3 Francs

L'*Histoire des Écoles de médecine* de Montpellier,
écrite pour servir de réponse aux questions posées par
l'Assemblée nationale, forme comme le testament des
derniers professeurs de la célèbre Université. Elle pa-
raîtra en un volume élégamment imprimé à 200 exemplaires seulement.

www.ingramcontent.com/pod-product-compliance
Lightning Source LLC
Chambersburg PA
CBHW072259210626

46818CB00017B/1871